VERSAILLES — IMP. DE E. AUBERT.

LE DIAMANT

LE DIAMANT

HOMMAGE

A S. M. L'EMPEREUR NAPOLÉON III

POUR LE JOUR DE LA

FÊTE DU 15 AOUT 1867

PAR

L.-E. GUILLON DES TREMBLAYES

VERSAILLES

IMPRIMERIE DE E. AUBERT

6, Avenue de Sceaux.

1867

HOMMAGE

A Sa Majesté l'Empereur Napoléon III

POUR LE JOUR DE LA FÊTE DU 15 AOUT 1867

O Vierge sainte!

Concevez le sujet d'une étrange disgrâce,
Pour un Prince opprimé j'ai demandé la grâce,
Mère pleine d'amour! Et d'excès de douleurs,
Faites qu'à vos genoux je répande des pleurs

Sur mes égarements et mes fausses victoires,

Et qu'un jour dans les cieux je chante votre gloire !

— Hélas ! c'est sous le ciel ! De ce Prince illustré,

Que mon pied par des nains fut mordu, déchiré :

Ils m'ont pris pour un autre... —.Et je serais leur proie,

Si votre amour parfait, de délice qui noie,

Ne m'eût servi d'égide ; — et si le triste sort

D'un père bien-aimé, dont je pleure la mort,

Ne m'eût fait négliger la sainte poésie !

J'ai pu durant trois ans rester muet, Marie !

Oh ! le temps avec vous a dû sécher mes pleurs !!

Faites qu'à vos genoux, rêvant de vous... je meure !

   O Vierge sainte !

PROLOGUE

DU

DIAMANT

PROLOGUE DU DIAMANT

ÉPITRE A ADRESSER A SA MAJESTÉ L'EMPEREUR DE RUSSIE
ET AUX DEUX GRANDS-DUCS, SES FILS.

> Je hais dans les festins qu'on me parle toujours,
> De noirs complots, des fureurs de Bellonne! —
> Mais j'aime qu'aux neuf Sœurs s'unissent les amours!
> Aux doux plaisirs notre cœur s'abandonne.
>
> ANACRÉON.

AUGUSTES MAJESTÉS,

Pour que vos trois baisers soient doux et bien reçus,

Accompagnez-les donc de cinq cent mille écus...

Et de votre palais, avant d'ouvrir les portes,

Ne payez point si cher votre orgueilleuse escorte.

2

Grands-Ducs encor, ne vous flattez donc pas.

Bien autrement que vous, sous ses pieds, quand il gèle,

Notre muse fait du fracas!

Et ne sent point sur son front d'étincelle.

— Plus heureux qu'Arion, sur mon cheval de bois,

Que ne puis-je obtenir de mes amis sur terre,

Que je chante encore une fois.

Que du soleil toute âme adore la lumière!

Soit que je chante encore et ne chante pas mal,

On ne fera de moi jamais un Juvénal.

Ayant pour confident un des miens journaliste,

On ne pourra jamais me rendre le cœur triste.

Et possédant encor ce talent gracieux

De dire à des amis des vérités, heureux...

J'arrive et cherche à faire un poëme qui plaise,

Et j'aime, sans orgueil, à rêver sur ma chaise,

Sans fatiguer Pégase et crever mon plafond;

Que si Jupiter veut, les rois même sont bons;

Le désir d'être aimé dans plus d'un homme brille;

L'un donne un diamant, l'autre un fusil aiguille.

Et Mars leur donne l'art d'en préserver leur cœur!

Des petits et des grands, il est le défenseur.

Moi, si Jupiter veut, dans l'Olympe je mène

Les Muses tour à tour... La blonde Melpomène,

Comme le meilleur roi, sait rire, et fait pleurer !

    Les Dieux en font-ils davantage ?

    Jeunes, ils aiment s'admirer ;

    Vieux, ils regrettent le bel âge !

Riches, ils ont des gens donnant la chasse aux gens.

Proscrits... Apollon fut banni de mainte échoppe.

Riches, dit la Fortune, il faut garder longtemps

    Ce diamant que j'enveloppe.

    Ainsi, je le dis, un brillant

    Sans nul défaut, c'est une eau fine ;

Si vous le faites voir, on vous le dira blanc,

    Ou bien de couleur purpurine ;

    Un troisième, avec son lorgnon,

    Le verra céleste à distance ;

    D'autres, par opposition,

    Le diront vert comme Espérance.

Chers Ducs, chacun de nous aime assez s'amuser,

    Même aux dépens d'une heureuse nature ;

    Mais toujours il va s'abuser

    En voulant lui faire une injure.

Sur mille cœurs il naît un immortel ;

Soumettons-nous avec sagesse,

Les Muses sont filles du ciel.

Quand l'une d'elles est maîtresse

Des plus nobles désirs,

Elle donne d'heureux loisirs.

LE DIAMANT

LE DIAMANT

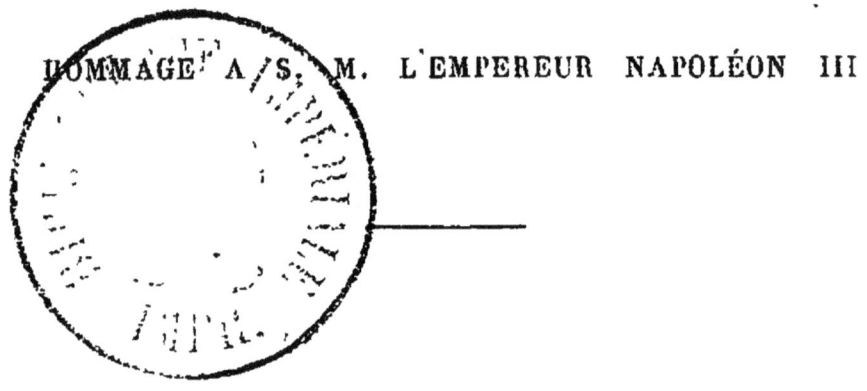

HOMMAGE A S. M. L'EMPEREUR NAPOLÉON III

> L'esprit de chaque jour décédé revient errer autour
> de nous, suivant l'usage que nous en avons fait ; il
> nous adresse le sourire gracieux d'un ange ou montre
> le front menaçant d'une furie.
>
> YOUNG.

Du lever au couchant, de par toute la terre,

L'industrie à Paris nous porte sa lumière.

Mon âme ! exhale bien tout ce que tu ressens,

Comme le diamant qui brille en tous les sens,

Louis-Napoléon, le sauveur de la France,
A d'un grand potentat la divine science...
Ferme dans les revers et sensible au bonheur,
Inflexible aux méchants et bon pour le malheur,
Aimant la modestie et supportant le faste,
Honorant l'homme sage et craignant le contraste,
Pour enrichir le cœur, d'or ne parlant jamais,
Approuvant l'homme juste, et fier de ses succès,
Aimant les jeux d'esprit et les jugeant en maître,
Et dans toute industrie y voyant Dieu, peut-être;
Abaissant le pédant dans son orgueil bombé,
Elevant l'homme vrai par le fourbe courbé,
Plein d'égards pour la femme aimante et tendre mère!
Il possède l'esprit d'un ange tutélaire.
Quand cet homme au front haut parle à notre raison,
Qu'un avenir heureux se montre à l'horizon,
La voix du Créateur, dont toute âme est éprise,
Cause au cœur un bonheur qui spiritualise...
Et fait brûler les fronts froids comme du glaçon,
Tant est sage sa voix et sage sa leçon...
Moi, lorsque de sa main je reçois un message,
Je veux suivre en tous points son sérieux langage;

Ses sincères aveux, me séduisant le cœur,

S'ils ne me font un Dieu m'en donnent la grandeur;

Les ans ont sur mon front tracé d'intelligence,

Des marques qui font voir que j'ai l'expérience;

Que l'espoir d'être heureux peut avoir des revers,

Puisque Dieu me le fait écrire dans mes vers.

Quand un regard profond dans notre âme pénètre,

On se prend quelquefois à vouloir mieux paraître;

On regrette les ans qui, donnant la raison,

Contre nous nous font faire une comparaison;

Pour souffrir et mourir, pour souffrir en silence,

Suis-je le seul heureux de cette récompense?

Sur terre, le bonheur qu'un homme puisse avoir,

C'est dans sa mission de faire son devoir;

Car souvent, trop souvent, une espérance aimable

Cause au cœur comme un doute écrit dessus le sable.

Quoiqu'on dise toujours le cœur ne vieillit pas,

L'espérance nous force, et l'âme a moins d'appas;

Au regard du vulgaire, elle a moins de mérite.

Chaque soir on arrive au but dont on hérite,

Et l'âme, quoique forte, aime à se rallier,

A s'attacher au juste avant de s'oublier;

Il lui faut s'élever, se mirer dans l'espace,

Ou descendre aux enfers y chercher une place,

Suivant comme elle aura juste ou bien mal pensé,

Et des bontés du ciel bien ou mal disposé...

Moi, pauvre oiseau blessé, volant de branche en branche,

J'aime à m'y balancer, moi dont le front se penche,

Et dire au jeune, au vieux, au fort, au faible cœur,

Que l'instant qui me plaît est l'heure du bonheur,

Que toujours, oui toujours vrai pour un cœur qui m'aime,

Que mon seul bien serait une gloire suprême.

Mais où trouver encor la sensibilité ?

Encore honore-t-on cette aimable beauté ;

Le parfum de ces cœurs, qui spiritualise,

De nos jours est si rare ; on le ridiculise...

L'on blâme les raisons qui font ainsi s'aimer,

Et, nous éternisant, qui nous savent charmer ;

Et pour aimer et plaire, et rendre heureuse une âme,

Se croyant trop fécond, l'on comprime sa flamme.

Comme l'astre qui fuit du lever au couchant,

On se veut de glaçon, et non de diamant !...

Mais c'est peu de l'écrire, il faudrait être maître

De diriger le feu que le ciel seul fait naître ;

Et c'est mal épeler ce qu'en disent les cœurs,

Que de vouloir le peindre avec des mots flatteurs.

Cessons de nous vanter et d'en faire liesse,

Nos plus beaux jours ont lui, l'on n'a plus la jeunesse,

Et rem'rcions Dieu quand un rêve enchanteur

Dans notre âme fait naître un rayon de bonheur,

Quand nous croyons sentir sur nos lèvres brûlantes,

A cinquante ans passés, une vierge mourante !

L'enfer a-t-il des droits sur ce qu'Hébé nous verse ?

Les dieux se plaignent-ils de ses sages caresses ?

En Olympe elle verse à tous les dieux, aux czars !

Et nos rêves brûlants sont-ils fils des hasards ?...

Apprenons à nos feux à ménager nos âmes,

Et ne périssons pas comme de tendres femmes ;

Avant que nos cheveux de blonds deviennent blancs,

Qu'une soudaine mort ne glace point nos sens...

Car c'est terrible à croire, au siècle où nous en sommes,

Que rapport à nos ans les enfants soient les hommes.

Ils ne voudraient point voir nos sourcils blanchissants ;

L'on tremble pour l'amour qu'on a pour ses enfants ;

Les filles vont flottant comme leur tendre mère !

Elles sont Benoiton ! d'une humeur singulière !...

C'est parce qu'elles n'ont pas le sens comme il faut,

Que leur meilleur ami critique leur défaut.

Mirons-nous dans les cieux, mirons-nous dans les fastes,

Leur sot orgueil a fait perdre des champs plus vastes...

Avant de nous créer, Dieu se fit éternel

Et confondit Adam en le chassant du ciel.

Seul alors Dieu régnait dans le ciel et sur terre,

Adoré des esprits dont il était le Père...

Et qui croit que ce Dieu n'existe que pour soi,

Est un astre éclipsé comme le premier roi.

Respectons l'esprit vrai, craignons l'esprit perfide;

Qui tremble en combattant est-il du sang d'Alcide?

Etre bon, juste et fort est de plus de valeur

Que d'entendre chanter des sirènes en chœur!

Jour sur jour, le temps fuit et ride notre écorce;

Sur les plus jeunes cœurs l'exemple a plus de force,

Et faire aux innocents voir tant de carnaval,

C'est mener les enfants bientôt à l'hôpital,

Et chez les jeunes gens mettre des garnisaires,

Quand le destin voudrait leur faire un sort prospère;

Chez ces fils de soldats enfermant dans leur cœur

De nobles sentiments pour notre cher vainqueur,

C'est traîner l'arche sainte à travers les ornières,

C'est de la loi de Dieu changer les caractères;

C'est jeter dans l'oubli les dix commandements,

Les vertus, les secrets enseignés aux enfants...

Je ne veux donc pas croire à la vertu ternie

Que leur prône un pédant qui fausse le génie!

Un rusé mirmidon, le plus rusé des loups!...

De science pourvu... pour emprunter des sous!...

Tirant à soi, frisant la corde et la potence;

De quoi se mêle-t-il?... De souiller l'innocence;

De nos adolescents, Il fascine les yeux,

Emprunte leur argent, de riches les fait gueux;

Du célèbre Mercure enseignant la musique,

Leur montre comme un grec enfonce sa pratique.

Nos penchants sont plus beaux, plus nobles sont nos chants,

Le vrai Français salue un plus noble talent.

Qui va vous entraîner, sous les aigles divines,

Les esprits aux beaux fronts qui composent des hymnes ?

Il doit être permis de chanter la grandeur

Du plus noble, et plus digne, et plus grand Empereur !

Comme l'on doit, je crois, chanter l'indépendance

De tous les citoyens qui défendent la France.

En France, ce ne sont que les nobles talents
De nos âmes qui font grandir les sentiments...
Le véritable amour, le devoir, le génie,
Servent, quand Dieu le veut, nos droits et la patrie.
Parfois qui n'y prend garde est par Dieu regardé,
Qui s'abuse n'est pas comme il veut commandé.
Pour le bien qu'on croit faire, on en fait naître un autre.
Qui se montre disciple est parfois faible apôtre ;
Le dévouement qu'on porte à sa religion,
Quelquefois tourne au gré d'une dérision...
Le triomphe est souvent obtenu par la force,
Mais qui perd ce qu'il tient ne trouve plus sa force.
On ne peut donc nier son véritable ami,
Faible, lorsqu'avec art il bat notre ennemi :
La force du plus fort alors devient contraire,
Le faible s'applaudit de se voir en arrière,
Plus adroit de son banc, s'il découvre le but
Que sur l'esprit de Dieu veut prendre Béelzébuth !
Lui qui, par Dieu frappé, voudrait prendre la place
De notre aigle applaudi des vertus de sa race.
Béelzébuth au cénacle, à côté de Jésus,
Portait dans le bassin, sans douter, ses pieds nus,

Avec la volonté, dans le fond de son âme,

D'être envers son Sauveur un traître, un être infâme

Qui s'en va supplier l'éternelle bonté

De tuer son Sauveur par la fatalité...

— D'abord calomnions... C'est plus facile ensuite,

Dit Béelzébuth, des cœurs de mettre l'âme en fuite...

Et si vers le ciel pur, Jésus porte les yeux,

Faisons-lui voir au ciel son amour dangereux ;

Tendons-lui plus d'un piége où son âme en déroute

Fasse que sa raison l'égare de sa route,

Et que le saint orgueil qui si haut le maintient,

Le montre au Créateur comme une œuvre de rien!...

Désespère, Satan, ta tactique connue

Ne t'élève pas haut : tu planes sous la nue ;

Ce n'est pas l'aigle aimé qui dirige nos pas

Qui se laisserait prendre en un semblable lacs ;

Toute œuvre, tout projet vers un beau but qui mène,

Ne sent ni l'embarras, ni la peur, ni la haine ;

C'est d'inspiration que Dieu fait le soleil !

Ta science, Satan, n'a rien fait de pareil.

Ton palais le plus beau n'a plus d'or; sous ces cloches...

Y peux-tu bien ramper sans crainte de reproches?

Mais j'ai dû l'avoir dit au roi Philippe, un jour,

En vers remplis pour tous de sentiments d'amour,

Que lorsque l'on voulait faire une dynastie,

Librement il fallait que l'âme en soit ravie,

Et s'il fallait pour ça des dards qu'on n'aime pas,

L'enfer en produisant, on n'en recrutait pas.

L'effroi, le châtiment, l'argent, la récompense

N'ayant jamais été certain, comme on le pense.

Pour parler le langage auquel l'homme répond,

Que vous connaissiez bien lorsque le cœur est bon.

Semblable au diamant que l'on extrait du centre,

L'or qu'on en fait, démon, est-ce chez vous qu'il entre?—

Avant de vous voir fuir, ô roi, je faisais vœu

De vous faire adorer d'un peuple vertueux,

Et mes souhaits pourtant ne venaient point du zèle

Que vous preniez, mortel, de lui lier les ailes;

Car vous ne saviez bien que courroucer les cœurs,

Alors qu'on vous priait de mieux soigner vos fleurs.

— Les lis se sont brisés sous le dur Robespierre !!

Philippe-Egalité perdit sa voix si fière,

N'aimant qu'être trompé par un peuple trompeur;

Mais au Louvre et partout il est des gens de cœur !

— Rois, pour faire oublier notre France en colère,

En vous ressouvenant de ses nuits sanguinaires!!!

Contre nos biens, nos droits, rois, ne conspirez plus.

Comme Eve, par Satan vós fronts seraient mordus.

Pas un désir de vous qui ne nous embastille,

Aimez mieux être aimés que vos fusils aiguilles!

Mais tout est mort pour vous, la liberté n'est plus,

Vous offrant tous ses bras pour nourrir vos élus.

Le dédain est pour vous, et dans toutes les villes,

Le commerce, les arts en deviendraient stériles,

Si comme saint Louis, comme Napoléon,

Un génie aussi grand que le plus grand Bourbon!

Dévolu par les dieux protecteurs de la France,

N'encourageait encor les arts et les sciences,

Et, rendant glorieux le grand peuple français,

Ne comptait chaque jour par de nouveaux succès!

Du lever au couchant, de par toute la terre,

L'industrie à Paris nous porte sa lumière,

3.

Mon âme ! exhale bien tout ce que tu ressens.

Comme le diamant qui brille en tous les sens,

Louis-Napoléon, le Sauveur de la France,

A d'un grand potentat la divine prudence.

DU MÊME AUTEUR

.

Des Fleurs parmi les ronces
Quatrième édition. — Un fort volume in-8.

Les Descendants de Charlemagne
Drame en vers en cinq actes.

Rêves d'amour

Jacques Toussac ou *la France au* XIVe *siècle*
Drame en prose en cinq actes.

Le Sacre de l'Empereur Napoléon III

Iphigénie ou *l'Honneur sauvé*
Invocation aux Muses.

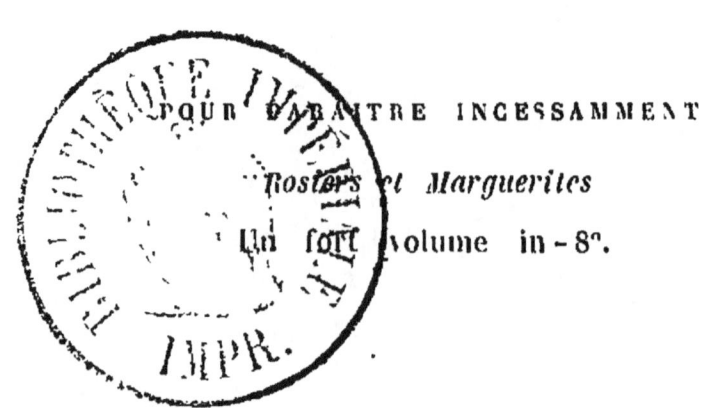

POUR PARAITRE INCESSAMMENT

Rosters et Marguerites
Un fort volume in-8°.